U0624200

燕七

[著]

独自走向旷野

长江出版传媒

长江文艺出版社

I.
我放过了自己

2.
孤独的人会成为自己的神

3.
从冬天来到春天

我放过了自己

任性的人

我就想把诗写得简单

我就想做一个简单的人

我的诗短得没有退路

我简单得没有敌人

立春

从这一天开始

蛰居的虫类在洞里苏醒

慢慢融化的碎冰

小鱼般浮在水面前行

从这一天开始

青草生长，花树盛开

我们要清澈温暖

无所事事过完一整个春天

植物想做的事

阳光每天照到窗台上

植物在阳光里开花

风吹进来时

会先吹动窗前的帘子

没有人比植物更孤独

它们独自在黑暗中

被黑暗反复触摸

没有谁比植物更坚定

它们想做的事

都能一点点完成

还需要一些什么

我沉默了很久

很多很多年

没有说话

周围的人习惯了

我的沉默

我虚度的时间太长

余生太短

我开口说什么

都是在说

我还需要一些爱

不想飞了

那朵走着走着

就吹散架了的云

是我吗

我很懒

不想飞了

我放过了自己

我站在高处

俯瞰我现在的生活

在山上看山脚

一切都变远变淡

我自由了

不再搬动一座山

我放过了自己

不再把自己奴役

一生只有那么长

越来越走不动了

可能是

身上背负太多

一生只有那么长

放下一些

就可以逃出泥潭

不再寸步难行

是我变好了

我的心是一朵云

下完了雨，就要开始飞行

我们从小河里乘船

一只蚱蜢跳进了草地

一阵风撞到另一阵风怀里

我们现在就去远行

遇到什么就是什么

我们从小河里乘船

慢慢划入大河

不要让我一下子就看见大海

让美好的事情慢慢发生

木樨树下拥抱

那些木樨树

像僧人立在路边

微风吹来

就欷欷微笑

以为已淡忘的人

总是忽然想起

很多人已经见过了

最后一面

如果

如果知道

那是最后一个拥抱

就不松开了

路边的乞丐

那个路边的乞丐

裸露出他没有脚的双腿

没有手掌的双臂

路过他的时候

我不敢抬头

我怕他眼里的痛苦太深

我也怕他眼里太云淡风清

不要问她经历了什么

从前她胆子小

怕疼

怕黑

怕受伤

现在什么也不怕了

白桦树

它站在我面前

在阳光下闪耀着金色

月光下流淌着银光

没有哪一棵桦树

主动伸手和你相握

没有哪一棵

拒绝你的拥抱

你可以让它听见

你的心跳

它也会让你听见

它的波涛

还记得自己

我从女孩子成为妈妈

被生活鞭挞着成长

我保留的纯真、幼稚

和梦想

都被周围的一切隔开

不管多少年过去

我骨子里还是一个女孩

就像果子成熟

还记得自己曾是一朵野花

瓦蓝的天

我们在院子里

走着走着

就停了下来

望一会儿天空

蓝天下的枝丫上

悬挂着的柿子

越来越少

枝丫上的枯叶

越来越少

都说是前几天的

一场大雪

让天空这么瓦蓝瓦蓝

我想是因为

我的运气在变好

妈妈说

"翻过那道梁

就到了外婆的家"

妈妈总是这样说

我们从早上出发

一直到晚上

翻过了无数道梁

繁星漫天

才看到外婆

站在村口的身影

那时候妈妈说的每句话

我们都信以为真

她说不饿，不渴，不累，不痛

也不会丢下我

多走一步

那时我的心还没有出发

不像月亮发光

不像太阳每天燃烧

那时看到有人用苦药

来治疗悲伤

我宁愿清醒地疼

等着天亮

我知道一切都会过去

只是想看看

自己能走到什么时候

走一步

再多走一步

不投降

就好

大树

我不想回到昨天

再经历一次蜕变的疼痛

今天的我

是无数个昨天的我

努力想成为的我

那些暴风雨

没折断我的树枝

现在我长成了

可以让月亮依靠的大树

伤心的人

大爷爷去世了

妹妹边走路边号啕大哭

我路都走不动了

眼泪滂沱

我哭什么呢

大爷爷最爱的是妹妹

我不确定

他有没有一点爱我

可我一哭起来

就是全世界最伤心的人

喜欢花朵不说话的样子

喜欢花朵不说话的样子

它们的沉默

无损它们的美丽

仰着头

内心专注地开花

任何的手

不能雕刻出这样的安静

被喜欢的人喜欢着

在夏天的绿荫下

我们也可以飞起来

像我们这样

奇奇怪怪又可爱的人

喜欢我们的人

少之又少

一只绵羊走过来

它只是一朵

不想下雨的云

被喜欢的人喜欢着

这真美好

像青草喜欢着青草

出门看见的云

出门就看见走得很慢的云
由于悲伤而想下一场雨
那些安静的树
会遇见各式各样的风

风吹过湖水
湖面长出皱纹
风吹过我
为什么不能把我吹空

桑葚红透了
被风刮落在窗台上
窗前偶尔飞来一只斑鸠
它只是孤单而不是迷路

还有一些积雪

我写诗的时候

就只能写诗

我心里装着你的时候

就装不下别人

几只绵羊

穿过春日的田野

仿佛寂静的山林下面

还有一些积雪

有翅膀了

在孤单的夜里久久凝望

盖在身上的那一小片月光

那是我新长出来的翅膀

不是我不能，是我还不想飞

如果可以忘记

我能将你忘记吗

如果你允许

我能把回忆还给你吗

把星光还给黑夜

把玉兰还给春天

把大雪还给溪水

让它一直

被皑皑白雪覆盖

春风里

那大片苜蓿花

每年春天都开着

路过时

趁着无人去打滚

田野里

遇见不认识的人

低着头

假装没有看见

越活越轻松

蒲公英

到了秋天

就乘风而去

最近抑郁了

每过一段时间

我们就去吃火锅

麻辣的锅底沸腾以后

我们丢下牛羊肉、虾滑、脑花

还有毛肚

最后是生菜

每次眼泪要落下来之前

我都要仰一下头

镇定地解释

真的好辣啊

这个时候我们都不看彼此的眼睛

更勇敢一些

无论在什么年代

女性都应该

活得更勇敢些

勇敢得让自己吃惊

让后人想起就

热泪盈眶

把翅膀展开

能飞多高远就飞多高远

这一年

那个走在街上

突然发疯般吼叫起来的人

一定是内心的防护堤已溃败

巨大的疼痛压垮了他

这一年太难了

有的人走得太快

还没老去已走完了一生

有的人心已破碎

一生的苦难在一天完成

站在梅树下的人

我的窗外有一棵梅树

有一地月色

一场大雪从天而降

都落在梅树下的

那个人身上

熊孩子

在花丛里打滚的小熊

追逐着青蛙

跳入春天的溪水

它的附近

是它母亲的尸骸

它那么小

还不知道

什么是永别

觉得幸福的童年

右腿烫伤的童年

每天只能坐在椅子上

看洋槐树开花

听下蛋的母鸡咯咯叫

不能行走的童年

被疼痛折磨的童年

看到早出晚归的妈妈

觉得幸福的童年

山脚下

山脚下的木屋

门敞开着

浸泡在碗里的栀子花

弥漫着清香

有溪水从门前淌过

有屋后的松风唱着歌

这里住着很好

远山近山低头看你

白鹭灰鹭远远飞过

大爷爷

大爷爷去世了

婶婶们把他的旧衣裳

全抖到火堆里

说他在另外一个世界

也能穿上

熊熊的火光燃烧着

想到在另一个寒冷陌生的世界

大爷爷还要继续穿着

那些破旧的衣裳

我的眼泪就涌了出来

自由的柳莺

一群柳莺飞来

经过落叶的树林

唱着歌

起起落落

你的目光

一直被它们吸引

它们跃动像

琴键上的音符

轻盈的姿势

让你惊奇

生命还能这样

自由前行

哪怕没有储存粮食的仓库

没有遮挡风雨的房屋

重复的命运

年轻的妈妈

在夜晚低声哀泣

我不知道她为什么哭

每夜陪着她掉眼泪

在疲倦中睡去

夜半醒来的时候

听见她仍在啜泣

软弱的妈妈

让人想起来

就忍不住心酸

等我长大了以后

也成为妈妈的时候

为什么

也像年轻时的妈妈一样

在夜里蒙着被子轻轻哭泣

黄昏

先是柳大爷咳嗽着

牵着老牛从后山下来

接着是五婶从井台挑水

从门前路过

然后是二伯、四叔背着锄头

从花生地里归来

黄昏的鸟

向着它的树枝飞去

群星从黑夜中显露

站在自己的位置

我和妹妹在村口的树下

望眼欲穿

最后一个朦胧的人影

负荆前行的人

才是我的母亲

童年的妈妈

每次爸爸从镇上回来

就和妈妈大吵一场

有时候怒气冲天

把椅子扔到妈妈身上

号啕大哭的妈妈

有时冲出门去

那时天外已漆黑一片

不久妈妈就会回来

抹干了眼泪

没有被豺狼吃掉

完好无损回来

一定是菩萨听见了

我的祈求

妈妈年轻时

妈妈把稻草运到地里

和麦秸一起燃烧

我们坐在火堆旁

等着火焰慢慢熄灭

我和妹妹把一些

叶子和泥巴也掷入火中

等着袅袅的黑烟升入天空

和妈妈一起走路回家

被火光映照时

我的妈妈也年轻过

莞尔一笑时

像电视剧中的女主角

春天的庭院

在春天的庭院

樱花如流星

忽闪而逝

我年轻时

落英缤纷的样子

你没见过

那时我一个人

走在夜晚

被飞舞的萤火环绕

像走入银河

月亮照着孤寂的街道

月亮睡在它自己的轨道上

看不见的轨道托举着它

它不再燃烧

也许它的心破碎了一百万次

仍在照亮我们

有人在夜晚的街道游走

用听不懂的咒骂，摔碎酒瓶

那是我们的童年

所有人都在一条街上长大

月亮照着孤寂的街道

用冰冷的光

照着所有的女孩长大

我们的生活

我们在院子里吃早餐

阳光落在竹叶上

鸟鸣声此起彼伏

像来自内心深处的歌声

说起老了的生活

我们都不害怕

但我们还是愿意

时光一直停伫在此时

叫小仙的猫在身边跳来跳去

叫小宝的孩子在身边无忧无虑

长长的夏天

每天都有葡萄花落下来
似小鱼的眼睛

紫藤在月光下摇曳
趁着你目光移开
又赶紧爬了几厘米

三叶草结了豆荚
在夜晚崩裂
像星星到处都是

最好在一场大雨前
种下无尽夏
让它在湿润的空气中
尽情呼吸

长长的夏天，蓝色的夏天
想起相逢的日子
就觉得等待充满了意义

云彩

还没有开始

就结束了

一朵云

飘过黄昏的湖心

湖水会记得

那燃烧的一瞬

鸟的道路在天空

我把门关好
堆积如雪的云朵正在赶来

樱花还开着
风把一些花瓣吹到窗里

鹭鸟在夜晚拍打着翅膀
它们的道路在天空

月光是一封信
上面什么也没写

最后一片落叶

一夜的大风过后

国槐和三角枫

都落尽了全身的叶片

工人们把叶子

全都装进了塑料袋

用垃圾车运走

我坐在树下

天空没有月亮

那么多无法形容的黑暗

笼罩着我

仿佛我是最后一片

刚刚才落下来的叶子

不想成为那样的人

去往山顶的路畔

开满了野杏花

绿色的枝叶

郁郁葱葱

蔓延在整个山谷

不管多少岁了

还是有雀跃的心

一切新鲜可爱

我不想成为

那个无动于衷的人

所有美好的事物

春风多么温柔

鼓着腮帮

吹着这个黄昏

纷纷扬扬落下的花朵儿

白色的是槐花

粉色的是晚樱

树叶被风吹得东奔西跑

湖水被风吹得开了花

刚刚出来的月亮被吹到云彩后面

温柔的风吹着我温柔的心

美好的事物

都是风吹来的吧

独孤的人
会成为自己的神

事情总会好起来的
没有永远的黑暗与低落

我想稀释了温柔
稀释在整个了大海

你就是答案，
照进了生活

什么都不能阻挡我
拥抱那湛蓝
广阔的世界

那谁的人
会成为
自己的神

开灯总是很美
特别是整理好情绪打开灯

自己喜欢
我也有我自己的脾气
接纳和改变并存

每天都是
生活气

幸运的人
一生都在被童年治愈
世间风光无限 来到 春天

我的心情一半是
阳光下的暖，微笑着并放飞行

敢于去向前看
只有回头没有路

活着就是要完整

那时我们在月光下散步

像一群从容的员外

在城门外巡视着自己的良田

月亮像仆人一声不吭

在身后静静跟着我们

活着的每天不知道会遇到什么

像空心菜没有根也能活着

像失去伴侣的知更鸟一样活着

每个人都会回到

各自的黑暗中躺下

像躺着的一页日历

活着就是要小心翼翼

不让自己破碎

只要不发生意外

宋朝的瓷器会保持到现在

干净的云

它走来走去
总是没有改变

我曾无数次注视
在它消失的日子

也回想那画面
蔚蓝的天空下

一朵干净的云
像我的心

过冬

我需要过冬的棉衣

一床厚厚的被子

需要炉火

一些酒

一些孤独

像松果落下

一些自由

像大雪扑面而来

放下一些

才会看见另一些

什么都不盼望

大雪就开始纷飞

那时候

野花走进了更远的山谷

清澈的溪水流动

它们的一生

要走更远的路

沉默的远山

在夕阳中

如巨兽卧倒

我也曾想抵达

荒无人烟的远方

我也曾想冒险

进入一个人荒野般的内心

美丽的日子

明亮的日子

一朵云

突然出现在天空

像一堆雪

无缘无故堆聚在那里

我的心里再也掏不出什么

只有几朵云

自由自在

羽毛一样轻盈

推开门就是广阔的世界

我有时什么也不惧怕

敢对生活发起挑战

像一条旗鱼

去攻击一艘军舰

被黑暗浸透的夜

看不清花枝的颜色

兰花幻梦的阴影

让人不能淡忘

别人的嘲笑

与我无关

当我想通了

什么都不能阻挡我

推开门就是广阔的世界

它不会回来了

峨眉豆的藤蔓

每天都在前进

整个夏天

它总要抓住点什么

它已经翻过墙去了

在墙那边开花、结果

它已经回不来了

它不会回来了

最好的开始

打扫庭院的时候

一道闪电划破夜空

已经遗忘的人

又突然想起

种几棵树

等着它们开花

用眼睛吃花

果子留给飞鸟

能放下

还能重新开始

这就是

一个最好的开始

活着就很了不起

我们坐在松间听风

明月照着溪流

植物的清香

在树林间回荡

世界寒冷崎岖

用蜗牛速度前行的人

总是愧疚

从前没有人对我说

"仅仅只是活着就很了不起"

结尾总是对不起开头

冬天太寒冷

每天晒太阳

和朋友

不停说话

该怎么办

有的人

用尽全力

也不能放下

我们的时间

越来越少

你不要让我

等那么久

开头总是很美

结尾总是对不起开头

一首诗

为什么
要像一首诗的样子
为什么
不能是一棵油菜
一个冬瓜的样子

一首诗
怎么不能是
一棵树的样子
簌簌落下叶片
都是诗

孤独的人 会成为自己的神

摸头杀

在电话那头

他说

好可爱

想"摸摸头"

我就忍不住

替他摸了一下头发

想到是替他摸的

心颤了一下

在屋子里升起炊烟

只要你在我身边

我可以徒手去抓住闪电

一生里最好的时光

是我们在屋子里升起炊烟

蚀心草

吃了蚀心草的人

如果负心

会心痛到死

幸而没有遇见

对自己这么情深的人

幸而没有遇见

一个让自己这么深情的人

多奇怪

在冬天等过一树花开

在清晨等过一场日落

在异乡的街头等过另一个人

不管他会不会来

多美好

这世界还值得等待

多奇怪

两个一样的人不能相爱

孤独时

当我孤独时

我就想着

有个人

在哪个角落

也想着我

这样想着想着

就不那么难过了

玉兰树下

像盲人走到一棵树下

再睁开眼睛

满树的花朵

都是璀璨的光明

很久没有这样感动

很久没说，嗨

我想你

没有回应的寂静

我在失眠的夜里翻身

鲸鱼在深海

翻动着它的脊背

雨水在屋檐

走来走去

从天空到大地

孤寂不是多余的行李

不是每滴雨

都能落在喜欢的人身上

我的心受你折磨

这没有回应的寂静

路

每天走的那条路

跟从前不一样了

阴影的角落

变成沟壑的深谷

我像从前那样勇敢地走过

不回头看

被爱伤过之后

这颗心仍想爱得更深一点

蔚蓝

我们这里的蔚蓝有点不一样

跟爱做梦的云有关

跟觅松塔的松鼠有关

跟上山发呆的樵夫有关

跟小溪里游曳的小鱼有关

跟山顶沉思的大树有关

跟我有关

跟我想你有关

我们本是月亮

那天傍晚的雪太大了

我没有伞

站在公交站旁边

所有的公交车都走了

我不应该

等一个好天气去看你

在想看你的时候

应该毫不迟疑

马上就动身

两个人相遇会怎样

我们本是月亮

在各自的世界明亮

是相遇的时候了

吹口哨的少年

走过雨后葱绿的田野

明亮又愉快的心

被清新的春风吹动

番红花从阿尔卑斯山的浅雪中

破土而出

灿烂的落叶松裹紧了群山

野生白水仙带来纯洁的气息

是在海棠树下凝望远方的时候了

是相遇的时候了

愿草尖上闪烁的阳光

早些把我找到

漫长的相遇

我一直都在思念着

一个从来没出现过的人

不知道他的名字

他说话的语气

走路的样子

我只渴望

他有颗

和我一样的心

我不知道他的样子

当他出现的时候

我就知道了

杏花开

我们在院子里

看着杏花

在枝丫上绽开

一朵云

来到院子上空

下了一阵雨

雨停了

天空更加湛蓝

你温柔的手

停在我的头发上

有些事情

那时起

就不一样了

等着睡莲开花的夏天

我坐在后湖的长椅上

整个夏天

等着那些睡莲开花

无人到来的夏天

我不是在等你

我们不能走得很近

也不能爱得很深

走近的时候不能太快

离开的时候不能太慢

爱是冒险

爱你时你是一切

我不爱你

你什么也不是

我想要的生活

比星星更遥远

来到我身边

那个和平常一样的夜晚

我看不见你

灵魂却被你碰触

软软的

让人想哭

许久以后的黄昏

我们坐在

开满槐花的树下喝酒

风不紧不慢

等着月亮升起来

遥远又光明

我回过头对你说

这就是

我想要的生活

秋风吹起

秋风吹起

把山栗一颗颗吹落

落叶又铺了一层

不知道它们

是什么时候衰落

无端想起一个人

有时你以为他还在

你仍然不知道应该怎么办

想起他会心疼

想起他会眼睛潮湿

他身上有夏天的味道

也有秋天的味道

那个拥抱也许是最后一个

那就是最后一个

柿子落在草丛里

柿子落在草丛里

一只接着一只

孤独的日子让柿子慢慢变软

孤独的人发现自己的情深

我没有能力忍住泪水

就像一片落叶

没有能力

在风中停止转身

长久孤独的人
会成为自己的神

为了度过寒冬

一棵树断裂了多余的枝丫

一群松鼠忙着储存过冬的松子

我知道我什么也不用想

穿上风衣在阳光下走走

长久孤独的人会成为自己的神

路人行色匆忙

我一个人行走缓慢

我怕摔倒了会倾倒出身体里的大海

云朵一般

一朵云就是一条

耀眼的小鱼

请让我像云朵一般

时间快速流动

而我移动得很慢

一动不动

也是在向前

微风看到我

绕道而行

我不发出声音

直到你把我看见

清明

这样的日子
樱花还是开了
在这一天
总会想起一个人
多少年过去
她还是十八岁

时间真的太少
而我失去太多
假若你来到我身边
我就能原谅一切

花生地之歌

阳光照在花生地里

照在一棵花生上

那棵花生长着绿叶

开着小黄花

整个下午

白头翁在枝头

唱歌

给花生们唱歌

屋瓦屋瓦

叽叽叽叽

翻译过来是

我喜欢花生，我喜欢你

很深的幸运

雨过天晴的初秋

玫瑰花瓣盛满雨水

院子里

到处是看不见的脚印

两个老人牵着手过马路

脸上沐浴着金色的光辉

那些爱了一生的人

都让人羡慕

要翻山越岭

要有很深很深的幸运

孤独的人

两个孤独的人

坐在自己的长椅上

看着同一轮月亮

两个孤独的人

触摸到彼此的手

像一道闪电

触碰到另一道闪电

在春天

我是一望无际的紫云英

是野草初盛的春天

我不安的灵魂

仿佛被风吹乱的群星

蜜蜂是春天的牧师

倾听每朵花的忏悔

我也有自己的罪

我至今还没有把自己打碎

除了你

你说，不要让人一眼看穿
不要把心善的弱点暴露

哪有人敢怠慢我，除了你
我哪有什么弱点，除了你

爱上花园的人

我在窗外的小花园

种了很多花

每天都忍不住

有很多次看向外面

我幻想着

和你一起看花

看月亮

喝茶

喝醉了就笑

暮色渐沉

每天的景色都不一样

有时候也挺孤独的

建造好房屋的人

假难走得史远

难忘的瞬间

最后一次离别
是你冲向大雨中
没有人在后面
喊你的名字

那些令人难忘的瞬间
是眼泪一次次决堤
崩溃的山洪
淹没了最初的决心

对不起，只能走那么久
只能承受那么多

许是把欠的债都偿还了

有时候有很多想做的事

去一棵紫藤树下发呆

散步，喂流浪猫

又舍不得时光这样荒废

几天前做了什么

已经久远得想不起来

说不出什么原因

轻松而惬意

许是把欠的债都偿还了

许是因为你要到来

大海中捞针

那个站在篱笆旁的旅人
像我一样风尘仆仆
路过的时候，他对我说
晚霞真不错

我站了一会儿
凝望着篱笆上半开的木槿
我们沉默着
没有谁来谈叵测的命运

再往前走一会儿
就从黄昏陷入了黑暗
春雪轻轻落在发丝
我还在找他，像在大海中捞针

那棵树的样子

到处都在挖路

槐荫大道到航空路

到处都无路可走

要绕的路太多

和朋友很久都没联系

很久没去后湖公园

不知道春天什么时候来

想去找一棵最先开花的树

记住它的样子

等你来的那天傍晚

带你去看

孤独

在巴塞罗那的林荫大道上

卖小鸟的店主

会给只关一只鸟的笼子

装上镜子

看到镜中的小鸟

它会把它当作朋友、爱侣

它不知道

自己的孤独

从何而来

云朵不白

这些天

云朵不白

天空也不蓝

有些人从不看天空

分手时

不看爱过的人一眼

时光闪电般飞逝

闪电啊

谁能抓得住

我的手伸出

无论触碰什么

都渴望是你的脸

仿佛爱一个人，
还没有爱够

路过小粮库的时候

我指给秋子看："我有十年在这里生活。"

有次去看，住过的屋子，还是从前的样子

邻居有的搬走，有的搬回来

失去老伴的老熊伯，收割蜂蜜时

被蜜蜂蜇瞎一只眼睛

我有时候梦里还会回到这里

一个人坐在屋子里看书

有时孤独地看着窗外

没有人经过

只有洋姜花在静静盛开

想一个地方，魂牵梦萦

仿佛爱一个人，还没有爱够

黄昏的荷塘

鸟窝长在高高的树杈上

和人类保持着距离

它们翅膀如帆船

在天空航行

黄昏的荷塘

我们用蛛网捕捉着蜻蜓

夜幕降临

遥远的星辰在燃烧

一开始我们都不知道

会越走越孤独

有些人一辈子也不会

被爱情照亮

风太大了

风太大了

守灯塔的人

回到屋里

熄灭过去所有的灯光

让灯塔沉睡

总是要遇见的

不拥抱怎么分开

心总是要碎的

当一个人来到这个世界

不过是你走过时玫瑰纷纷坠落

不过是一颗勇敢的小行星的碎裂

空椅子

公园空着的椅子上

落满了雪。是那些雪

想坐一会儿，不被打扰

两只小麻雀站在树枝

轻轻挨着头。你远远看着

柔软的心，愿意为它空一会儿

拥有

你不知道一棵树

在春天会生长那么多叶片

你数不过来

一颗心会有那么多想法

可以写满一张纸

你想起自己走过的路

晨雾中的那颗星

有时明亮、有时黯然

像大海拥有自己的沙砾

蜜蜂拥有自己的蜂蜜

你知道自己拥有的已很多、已满溢

一棵松树

朋友说

种了一棵松树

味道像薄荷

又像柠檬

站在庭院

引来了白云

雨天唱歌的声音

像竖琴

渴望

每过一段时间

就有野草

在那片空地生长出来

有野蔷薇花开着

草尖上立着蜻蜓

翅翼沾染了露水和星光

无人的夜晚

你召唤

黑暗中浮现的脸

洁白若栀子花

不能碰触

碰了就想得到

湖边的椅子空着

后湖总是空着

几只水鸟在湖面飞

没有一艘船来这里停泊

树林也空着

只有几声鸟鸣

落叶和少许微风

湖边的椅子也空着

没有你招手

喊我一起坐下去

你说

我什么都不会

只会离开你

走在同一条路上

没有尽头的油菜花田

覆盖着泥土

我们走在油菜花田里

并没有注意

身边是蜜蜂还是花朵

空气中浮有花香

走在同一条路上

每个人感受并不相同

你爱的人离开你

我会等到最后

野李子树

野火之后

李子树变得漆黑

到了春天

它还没发芽

那是一棵

落单的野李子树

站在池水边

用受伤的手臂

指着天空

蛛网

蜘蛛用柔软的丝

织成柔弱的网

静静守候

撞上来的一切

我们之间的线

比蛛丝还细

在风雨飘摇中

延续至今

蛛网上的雨珠

都是眼泪

爱的薄幸

不需要证明

爱情一半
是月亮的阴影

我放下了一个我不爱的人

他的爱是囚笼

我被另一个人吸引

他的爱情一半是月亮的阴影

无人理解这样的痛楚

渴望更深的融入却只能驻足

幸运

若是有足够多的幸运

两粒尘埃

在这很大的世界相爱

我们不需要不朽

活着的时候好好活着

死亡来时不痛苦

乌桕树下雪了

秋风又开始吹来

下雪之前

乌桕树上就挂满了

洁白的雪籽

村庄在等着下雪

山峰在等着下雪

最寒冷的日子

旷野是一片空白

一团乱麻的生活

都会被覆盖

如果遇见停电的夜

就看一会儿星空

很遥远的人

也在仰望星空

他知道乌桕树有多美

他到达过我的心

树朋友

我不想写忧苦

世上心碎的人太多了

不想写赞美

不过是海市蜃楼的泡沫

不想写过去

不想写未来

就写现在

写一个诗人怎样穿过辽阔的旷野

向每一棵树挥手

深邃的人

我望着你

像望着天边那颗遥远的星

我承受折磨

像灵魂承受渴望的撞击

我无法变得更深邃

爱上你

天空只能蓝得透明

那个人没什么好

喝很多很多酒

头痛欲裂

还是会想拥抱的人

走很远很远的路

还没有走到他身边

想放手又舍不得放的人

那个人没什么好

只不过和我是同类

从冬天 来到春天

晚风
吹着山岭

那是一朵我说不出名字的花，开在路旁

我从山上下来，路过桃花林和野山茶

心头略有一点忧伤。晚风吹着山岭

月亮远远升起。它还会牵引出幕后更多的星辰

蝴蝶梦

门前的小路把我带到田野

路畔开满了小野花

我心灵的蝴蝶在此歇息

在阳光下

抱一朵最心动的花

做白日梦吧

片刻的美好也是美好

即使对这世界来说

我们比尘土还微不足道

一只翠鸟

一只翠鸟扑入水中

捕起一条小鱼

它的嘴夹着挣扎的小鱼

往树枝上敲击

再把不能动弹的小鱼

一口吞下

在它敲击时

溅起全身的水珠

湖里又像下了一场小雨

初雪

没有人还记得绚烂的秋天多美

昨天还是秋天

树叶在夕阳下片片坠落

今天黄昏已大雪纷飞

让今晚的雪尽情落下

明天清晨我们去树林里

堆一个雪人

它站在雪地里，在我们眼中一点点完成

它是我们见过的最干净的人

那些人

黄昏的时候

广场上来了一群人

他们用两盏灯

搭起了一个简易的舞台

他们是世界上最矮小的歌手

没有手臂

或失去了双足

依靠着彼此

他们在这残酷的世界活下来

没有一个观众

他们也坚持着把一首首深情的歌唱完

梅花与鹿

踏过雪地的鹿

脚步很轻

你看见枝头的梅花，也轻

风一吹

落满了全身

等它开花了

香樟树的叶子

随春天的晚风落下来

它们用整个冬天的时间告别

想起有位老师说

这些都是神的造化

晚樱还没有发芽

等它开花了

很多人涌到树下拍照

没有人的时候

我也要去站一会儿

这里的人一个也不认识

泪流满面也没关系

一株麦子

一株麦子站在黑暗中
喝着雨水

一匹马
咀嚼了沾着雨水的麦子

它还没长成麦穗
还没听过蚱蜢在田野唱歌

一个人骑走了那匹马
在散发麦子气味的黑暗中

一个人突然觉醒

一个人突然觉醒
是毛毛虫长出了翅膀

窗子有自己的想法
借着风打开

走在一起的人
自己推动着命运

从前的月亮
离地球很近
海潮把它推向了远方

雪人

天黑了

它站在雪地里

周围的雪在莹莹发光

它是凭空多出来的一个人

没有身份证

没有家

也没有亲人

仙居顶

仙居顶的山顶很高

离天空很近

在夜晚

伸手就能捉到星星

只有那些远走高飞的鸟儿

只有它们

头也不回

去了燃烧的群星深处

树

一些安静的树

站在秋天的旷野

有的独自伫立

有的三五成群

每棵树之间

都保持着距离

它们比人类离星空更近

知道更多大地的秘密

用呼吸来交谈的树

当它们沉默

雾就笼罩了它们

修建寺庙的人

我躺在草丛

听着日落的钟声

心里的寺庙悄然浮现

用落叶和星辰筑成

春天的野花
开满山涧

谁也不知道第一片雪花什么时候落下

是谁在雪地上最先留下的脚印

追溯谁先心动

可能比我们知道的更往前一些

和你有关的一切我都不能忘记

我们在新年的第一场大雪时遇见

小松鼠们还在温暖的巢穴冬眠

它们定是梦见春天的野花开满了山涧

多么美好的相遇，你一抬头

眼眸里纷纷坠落着繁星

那灰雀的翅膀越飞越远

隐没在云层的灰烬

那遥远湖心岛上的灯

给海上的船送去一阵风

给初春送一把绿

野花在田野上盛开

一群蓝闪蝶扑上青草尖

一棵树被夜色裹住

它不再走动

我曾在你身边仰望星辰

美好的事物都曾陌生

有些人遥不可及

那遥远湖心岛上的灯

大海闪闪发光

我离大海很远

坐火车去海边需要三天

在火车上看着窗外

心里想着的全都是大海

我在陌生的车站下车

拎着一只袋子去捡贝壳

海滩空空如也

寒冷的海风吹动着我

清澈的蓝天下

船只和海鸥贴着波浪行走

大海闪闪发光

我没有翅膀

没有双鳍

失魂又落魄

我被大海抛弃在大海外面

苹果树站在那里

雨后的苹果树站在那里

旷野里稻穗金黄

我们走在乡下的路上

秋风凉爽温柔

我爱这样的日子

我们在黑暗里

不小心触碰到彼此

像蝴蝶不小心触碰到蜜

广袤又美丽的苍穹

我们是最靠近的星星

在黑暗中一直站着

苹果就会从树上坠落

萤火

现在我们放下一切

什么都微不足道

月光照耀的夜

光芒笼罩着清晰的树枝

萤火是被我们困在手里的星星

那一抹光明点亮了黑暗

我们松手时

它并不随风熄灭

风吹着我

风从开满金银花的田野吹来

带着让人迷茫的花香

风从河畔吹来一群萤火

若璀璨飞舞的银河

有时在旅途遇见一个人

隔着遥远的距离

一句温暖的话

触动了灵魂的壳

风吹走了小时候的月亮

把树叶吹得哗哗响

星星从天空跌落

缀满了池塘

有很多人

只能这样远远地遥望

像夏夜的萤火

看得见却够不着

风来吹我了

风只是吹过，并不停留

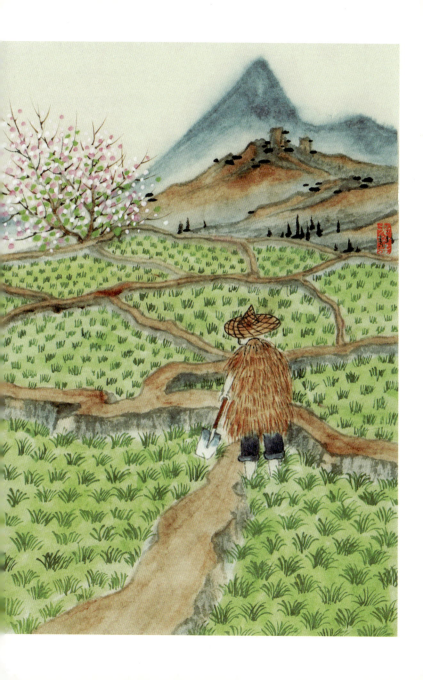

它

它湿漉漉的大眼睛

鼻子是一朵花

它咀嚼青草的时候

像是想起了什么

一只母牛，总是在告别

先是自己的母亲

再是孩子

和心动过的一切

它安静吃草的样子

像是从来没有受过伤

它慢慢走动时

大地上腾起了薄雾

我寻找一只大象

我寻找一只大象

不是动物园里的那只

它孤独地穿过一望无际的原野

它灵魂自由，不受限制

知道怎么丢弃、放下

它仰望星空

它知道明天该去哪里

它知道明天的生活怎么继续

走出地铁站的人

走出地铁站的人

没有别的地方可去

也不想回家

就走慢一点儿

让回家的路

变得漫长一些

不想成为自己的雇主

催促自己向前

放过自己

就是不再对自己狠得下心

野栗子树在山上

坚硬的果子被风吹落

找一棵树说话

这三年时光

像做梦

身体储存的电量

消耗殆尽

到山里去

找一棵树说说话

和一只鸟唱歌

与一只青蛙对视

我成为

一个新的我

领着我

走上另一条路

月光的味道

月光落在溪水里

我在溪水中洗杏子

杏子有月光和溪水的味道

万物都在忍耐

一个人恨够了

就应该去爱

爱够了

才可以赴死

万物都在忍耐

我看见所有的星辰

在白天消融

夜晚重新把自己投入虚空

我不是一只蜗牛

我不是一只蜗牛

就不必背着壳上路

我不做猎人

也可以有保护自己的枪

我学习打破和重建

痛苦让我成长

我曾把一隅当作一切

现在知道真正的宇宙有多宽广

我从前想得太多

我从前想得太多

以后只用行动改变

新鲜的食材和书

就能让我活得不错

很多条大道

我只走我的那条

不再被痛苦的枝条绊倒

学会平静地呼吸

我要去看黎明的云彩

看鸟儿远离深渊

世界越转越快

我先把自己扶好

山顶上的风车

从前的山顶上

长得最高的是树

现在山顶上

到处都是风车

巨大的风车

缓慢转动

像是一座时钟

被大风推着行走

只能向着一个方向旋转

没有别的选择

风车的歌唱

像是顺从命运的哭声

他背后的秋天

突然喜欢上

讨厌的人

朋友问

你喜欢他什么

根本没有原因

瞬间的心动

毫无缘由

察觉时已经迟了

喜欢他背后的秋天

星空是深蓝色

小城

白天宅在家里

黄昏的时候

一个人

去后湖看晚霞

栈桥上遇见的人

有的牵着狗

有的抱着孩子

湖边的风

很清凉

小小的城市

从没有人

在身后

喊自己的名字

春天的散步

我期待过，去你的春天散步

偶遇几只唱歌的黄莺

或田野奔跑的野兔

天空是纯粹的蓝

我停下来，看你的眼睛

暗涌的云朵延至天边

一路上，我们穿过紫云英的花田

穿过杏树、李树、桃树

一切都在燃烧且不可阻止

写诗

阳光出来时

我就出去走走

总有新生的枝叶

打着招呼

总有白头鹎

站在枝头一展歌喉

每次出门回来

都想写诗

写完又回头看一眼

然后撕掉

这些诗句不算什么

它甚至描述不出一阵春风

山顶之上

山顶上的风很大

推着风车徐徐转动

白色的雾

被明亮的朝阳驱散

几棵树上

若隐若现的鸟鸣声

让寂静变得轻淡

有些事物

是这样美好

我不知道怎样珍惜

这样的光阴

越是美好

越是假装平静

大雪总是落在最高的山顶

美好的逝去

还能走到哪里去呢
如果遥远的前方
只有自己陪伴着自己

那双温柔的手
抚过我的头发
那双眼睛
凝视过我的眼睛

我们的宇宙曾无限靠近
美好的事情不可言说
仿佛清凉的雨水落入河中
河水在消逝
有一部分的我也正在逝去

月光打扫着我们

我们拿着扫帚

提着水桶

把天台打扫

树林收走了鸟儿

天台上回来了宁静

我们躺在凉席上

等着凉爽的风

从河畔吹来

风吹过了夜来香

又吹过了茉莉

星星越数越多

我们像鸟儿

安静下来

月光把我们

细细打扫

在寂静的湖里撒下繁星

月亮在我身后看着我

在寂静的湖里撒下繁星

湖底有另外一片天空

比不可触及的天空更湛蓝

清凉的风顺着水草

爬上了岸，看见了月光

就再也回不到深深的水底

漫长寒冷黑暗的夜里

有些痛苦我正经历

雪地月色

一个人不敢独自占有这样的旷野

你该在我身边，我们闲聊着说几句废话

再一起遥望着银河月色

这样大的雪

这样大的雪真是让人感动

把我当成一截走动的树枝

追着我落下

人生就是做梦

溪水上升成云朵

下一场雨

又回到溪流中

它只是做了一个梦

不是为了孤独

我们在一起
不是为了更孤独

你看不见
我有多好

你带走海水
从我的眼睛里

那些人留在过去
我是新的我
又长出了新的部分

荒芜的庭院

隔着透明的大玻璃窗

回头的时候，恰好遇见

整个荒芜的庭院只用来盛开一棵紫荆

小小鱼

很小的鱼

生活在很小的浅水洼里

有水草、浮萍

没有同类也不觉得孤独

直到一片落叶

告诉它

还有另外的世界

一朵小云

在山坡上看见

一朵小云

只给一朵小花下雨

来淋湿我的那朵云

要大一点点

还在路上

幸运的人

幸运的人

不是一直生活在春天

而是从冬天来到春天

图书在版编目（CIP）数据

独自走向旷野 / 燕七著. -- 武汉 ：长江文艺出版

社，2025.7. -- ISBN 978-7-5702-3713-5

Ⅰ．Ⅰ227

中国国家版本馆 CIP 数据核字第 2024FA7711 号

独自走向旷野

DU ZI ZOU XIANG KUANG YE

责任编辑：谈　骁　　　　　　　　责任校对：程华清

装帧设计：张致远　　　　　　　　责任印制：邱　莉　胡丽平

出版：长江出版传媒　｜　长江文艺出版社

地址：武汉市雄楚大街 268 号　　　　邮编：430070

发行：长江文艺出版社

http://www.cjlap.com

印刷：武汉新鸿业印务有限公司

开本：787 毫米×1092 毫米　　1/32　　　印张：6.25

版次：2025 年 7 月第 1 版　　　　　2025 年 7 月第 1 次印刷

行数：3000 行

定价：52.00 元

版权所有，盗版必究（举报电话：027—87679308　　87679310）

（图书出现印装问题，本社负责调换）